AF363935

Vente du Vendredi 27 Janvier 1865

OBJETS DE LA CHINE

EXPOSITION PUBLIQUE :

Le Jeudi 26 Janvier 1865

Mᵉ Ch. PILLET, Commissaire-Priseur

MM. MANNHEIM, Experts

EXEMPLAIRE DE H. STETTINER

PARIS. IMPRIMERIE DE PILLET FILS AÎNÉ
5, RUE DES GRANDS-AUGUSTINS.

CATALOGUE

D'UNE JOLIE RÉUNION

D'OBJETS DE LA CHINE

Émaux cloisonnés
parmi lesquels on remarque six Pièces ornées de Divinités, provenant d'une Pagode ;
Émaux peints ; Flacons ; Tabatières et Coupes en agate orientale ;
Rocher en lapis-lazuli ; Cassolette en bronze incrusté de filets d'argent ; Cinq Tam-Tam ;
Quantité de Vases, Jardinières, Plateaux, Coupes, etc.,
en céladon bleu turquoise, en porcelaine de Chine à décor émaillé, etc. ;
Objets variés

DONT LA VENTE AUX ENCHÈRES PUBLIQUES AURA LIEU

HOTEL DROUOT, SALLE N° 1

Le Vendredi 27 Janvier 1865

A DEUX HEURES

Par le ministère de Me **CHARLES PILLET**, Commissaire-Priseur,
rue de Choiseul, 11,

Assisté de MM. **MANNHEIM**, Experts, rue de la Paix, 10,

Chez lesquels se distribue le présent Catalogue.

EXPOSITION PUBLIQUE

Le Jeudi 26 Janvier 1865, de une heure à cinq heures.

CONDITIONS DE LA VENTE

Elle sera faite au comptant.

Les adjudicataires payeront *cinq pour cent* en sus des enchères, applicables aux frais.

———

Paris. — Imprimerie de PILLET fils aîné, rue des Grands-Augustin 5.

DÉSIGNATION

DES OBJETS

Émaux cloisonnés

1 — Deux jolis petits vases forme balustre, en émail cloisonné, décorés de fleurs et d'ornements en couleurs sur fond bleu turquoise. Il est rare de rencontrer ces pièces par paires.

2 — Petit vase en forme de balustre carré, à anses en bronze doré, formées par des têtes chimériques. Le vase est décoré de fleurs et d'ornements émaillés en couleurs sur fond bleu turquoise.

3 — Deux pièces curieuses provenant de l'ornementation d'une pagode. Elles se composent chacune d'un socle rond en émail cloisonné à fleurs et ornements sur lequel se trouvent un balustre en bronze doré et deux consoles d'émail cloisonné qui supportent une large fleur d'émail peint. Sur l'une de ces fleurs se trouve la figure d'un

guerrier assis, en bronze doré, enrichie de perles et de pierres diverses, entourée d'un arceau rayonnant en bronze doré et pierreries. Sur l'autre de ces fleurs est un groupe de cylindres ornementés en bronze doré et pierreries avec arceau analogue.

4 — Deux pièces pareilles à celles qui précèdent. Elles présentent deux figures de divinités accroupies, les mains jointes.

5 — Deux autres pièces pareilles à celles qui précèdent. Elles sont ornées d'un éléphant et d'un cheval en bronze doré caparaçonnés en émail cloisonné et supportant des vases.

Ces six pièces proviennent vraisemblablement du palais de l'empereur de la Chine.

6 — Trois jolis plateaux. — Vide-poches de forme contournée à base droite, en émail cloisonné à fleurs et ornements sur fonds bleu et jaune alternés.

7 — Tableau de forme carrée provenant d'un écran. Il offre la vue d'un paysage avec fabriques et traversé par un cours d'eau. Dans le fond bleu turquoise du ciel se trouvent quatre caractères réservés en bleu foncé.

8 — Quatre tableaux de forme carré-long en hauteur, en émail cloisonné fond bleu turquoise, avec dessins réservés en cuivre doré et portant chacun de longues inscriptions dont les caractères sont rapportés en relief en bronze doré. Ils seront vendus par paires.

9 — Deux autres tableaux analogues, mais plus grands.

10 — Pipe en émail cloisonné de forme droite, à fleurs sur fond bleu turquoise.

Émaux peints de la Chine

11 — Deux petites jardinières, à quatre lobes, émaillées de fleurs en couleurs sur fond jaune.

12 — Jardinière de forme carré long, à angles arrondis et rentrants, émaillée de fleurs en couleurs sur fond rose.

13 — Deux boîtes de forme carré-long, déstinées à brûler des parfums. Elles sont ornées sur toutes leurs faces de fleurs émaillées en couleurs avec fond découpé à jour.

Matières précieuses

14 — Agate orientale. — Petite coupe en forme de fruit entourée de ses fleurs, feuillages et branchages lui tenant lieu d'anse et de pied.

15 — Agate orientale. — Coupe analogue à celle qui précède; l'anse est formée par un dragon repercé à jour.

16-24 — Agate orientale. — Neuf tabatières chinoises, en

forme de flacons, de gourdes ou de fruits. Elles seront vendues séparément.

25 — Lapis-lazuli. — Rocher présentant sur chacune de ses faces des personnages et des arbustes finement gravés. Socle en bois sculpté découpé à jour.

26 — Ambre. — Deux petites coupes rondes à animaux en relief.

Porcelaines de Chine

27 — Vase en forme de bouteille, en céladon bleu turquoise uni.

28 — Vase de forme et de qualité analogues.

29 — Deux jardinières en céladon bleu turquoise de forme évasée.

30 — Vase, forme de bouteille, à décors de fleurs et d'ornements émaillés en couleurs sur fond bleu turquoise.

31 — Deux petits vases de forme ovoïde, à couvercle, décorés de dragons et d'ustensiles divers en couleurs sur fond blanc.

32 — Deux vases de forme cylindrique, à couvercles, décorés de fleurs en couleurs et contenant des doubles fonds.

33 — Deux cornets décorés de fleurs et ornements émaillés en couleur sur fond blanc.

34 — Grand flambeau à large plateau de décors analogues.

35 — Deux vases accolés, en forme de bouteille, décorés de fleurs et d'ornements. L'un fond rose et l'autre fond blanc.

36 — Socle formant vase, de forme hexagone, décoré d'ornements finement émaillés.

37 — Socle de mêmes forme et décor, mais plus petit.

38 — Brûle-parfums, de forme sphérique, reposant sur un pied élevé enrichi de consoles, et décoré d'ornements en couleurs avec parties découpées à jour.

39 — Deux vases à couvercles, fond gros bleu, à décors de fleurs et d'ornements en or.

40 — Deux vases-appliques, porte-allumettes, fond rouge à décors d'or.

41 — Deux vases de forme analogue mais plus petits, décorés de fleurs émaillées en couleur.

42 — Trois autres vases porte-allumettes, de décors variés.

43 — Vase, forme bouteille, à deux anses, décoré de grues sacrées et de cerfs dans des paysages.

44 — Vase de forme analogue, décoré de fleurs et d'ornements sur fond bleu clair.

45 — Autre vase, de même forme, décoré de figures dans
des paysages.

46 — Autre vase, de même forme, décoré de dragons en
rouge de cuivre et de nuages bleus.

47 — Vase, forme bouteille, décoré de fleurs, de fruits et
d'ornements finement émaillés.

48 — Grande gourde plate à deux anses, décorée de dragons
à cinq griffes et de nuages en bleu sur blanc.

49 — Vase décoré de grues sacrées, dans des paysages.

50 — Grand brûle-parfums de forme sphérique, à deux anses
surélevées et reposant sur trois pieds, décoré de fleurs
et d'attributs en rouge sur fond blanc.

51 — Vase, forme balustre, décoré de fleurs et d'ornements
émaillés sur fond bleu.

52 — Vase de forme cylindrique, décoré de figures dans des
paysages en bleu sur blanc; bordure à dessins gravés
sous émail.

53 — Vase de forme analogue, décoré de papillons en couleur.

54 — Vase de forme balustre, décoré de fleurs et ornements en or sur fond bleu.

55 — Petit vase, jaspé de rouge et de bleu.

56 — Vase en porcelaine blanche à dessins gravés sous émail.

57 — Sceptre de mandarin, à décor finement émaillé sur fond bleu clair.

58-59 — Quatre bols à fleurs et caractères émaillés en couleurs sur fond rouge. Seront vendus par deux.

60 — Petite jardinière ronde, décorée de fleurs et d'oiseaux en couleur sur fond blanc.

61 — Vase de forme cylindrique, décoré de fleurs et d'insectes en couleurs sur fond bleu clair.

62 — Deux jardinières de forme contournée, décorées de fleurs et de fruits en couleurs.

63 — Petit vase, forme bouteille, décoré de chauves-souris et d'ornements en couleur sur fond bleu.

64 — Corbeille de forme ronde et décors rouge.

65 — Petite cassolette de forme carrée, à ornements gravés

et parties émaillées jaune nankin. Le bouton du couvercle est formé par une chimère.

66 — Petit vase, forme balustre, en ancienne porcelaine craquelée, à anses et frise réservées en brun.

67 — Porte-allumettes en porcelaine craquelée, à branchages réservés en brun et repercés à jour.

68 — Deux boîtes à thé de forme carrée, en céladon bleu turquoise.

69 — Vase de forme basse, à couvercle, décoré de dragons et de nuages en couleur sur fond bleu.

70 — Petite boîte en forme de cachet, à ornements gravés repercés à jour et émaillée bleu clair.

71 — Petite gourde en ancien céladon bleu turquoise.

72 — Trois petites gourdes accolées et émaillées en différents tons.

73-77 — Cinq pairès de jardinières, de formes et de décors variés, qui seront vendues séparément.

78 — Deux boîtes, forme carrée, à couvercles, décorées de nuages sur fond bleu et ornements percés à jour.

79 — Deux bols décorés extérieurement de médaillons de

fleurs en couleur, avec entre-deux et branchages émaillés sur fond jaune gravé.

80-103 — Quantité de bols, plateaux, porte-pinceaux, flacons, etc., de décors variés. Seront vendus par lots.

Bronzes

104 — Cassolette de forme ronde, enrichie d'incrustations en argent, avec socle et couvercle en bois sculpté

105-109 — Cinq tam-tam de différentes dimensions, qui seront vendus séparément.

110 — Sous ce numéro, on vendra les objets omis.